W0224959

HEIKO SAKURAI

CARTOONS DES JAHRES 2024

Schaltzeit Verlag

VORWORT

Dr. Rüdiger Singer

Auf Englisch heißen politische Karikaturen „editorial cartoons", also „Leitartikel-Karikaturen". Das meinte einstmals, dass sie prominent in der Nähe eines Leitartikels abgedruckt wurden, was manchmal noch immer vorkommen soll. Es hieß und heißt aber vor allem, dass Karikaturen ähnlich wie Leitartikel Stellung zu wichtigen Themen nehmen und den Leser*innen Denkanstöße geben. Aber können sie das wirklich? Kann man in ein-zwei, höchstens drei Bildchen komplizierte Ereignisse und Entwicklungen nicht nur darstellen, sondern auch kommentieren, und zwar schnellstens verständlich und nach Möglichkeit auch noch witzig? Wie differenziert kann so ein ‚Artikel' überhaupt sein?

Tatsächlich kennen wir alle diese Karikaturen, die eigentlich nur eine metaphorische Redewendung (Politiker*in XY „fischt im Trüben" oder ist „gegen die Wand gefahren") in ein Bild übersetzen, das vielleicht amüsiert, aber nicht wirklich denkanstößt. Oder auch diese Karikaturen, die zwar eine differenziertere Aussage machen wollen, aber, weil die Themen halt so kompliziert und oft abstrakt sind, überfrachtete Allegorien basteln mit Aufschriften wie „Politikverdrossenheit" oder „Sozialausgaben" auf allen Figuren und Gegenständen. Und trotzdem: Es gibt zeichnende Leitartikler, und Heiko Sakurai ist einer der brillantesten. Wie macht er das?

Zunächst und vor allem: Sakurai reagiert nicht reflexartig, sondern informiert sich gründlich und vielseitig bei in- und ausländischen Medien unterschiedlicher Couleur. Dann denkt er ein bisschen weiter, spielt Möglichkeiten durch, und zwar nicht nur im Reich der Allegorien, sondern auch in ihren Auswirkungen auf konkrete Menschen. Und er vergleicht – mit anderen und früheren Entwicklungen.

Ein Beispiel fürs Weiterdenken: Sakurai stellt die Koalitionsverhandlungen für eine niederländische Regierung mit dem Rechtsextremisten Geert Wilders als Tier-Experiment mit möglichem Vorbildcharakter für Deutschland dar. Zusatzpointe:

Die Beobachtenden sind keine menschlichen Wissenschaftler*innen, sondern selbst Versuchstiere (S. 91). Das Weiterdenken kann sich auch auf Figuren im Bild übertragen: Eine Muslima, die gerade die deutsche Staatsangehörigkeit erhalten hat, reagiert direkt auf die AfD-Parole von der „Remigration“ (S. 32). Und im Juli 2024 brieft Kanzleramtschef Wolfgang Schmidt seinen Kanzler schon mal für den Fall, dass Trump wieder US-Präsident wird (S. 2 oben). Auch das Zurückdenken und Erinnern kann von Figuren übernommen werden: Eine alte Dame relativiert Winterkatastrophenpanik (S. 2 unten); ein Deutscher in den USA dämpft den Harris-Hype (S. 133). Mein Lieblingsbeispiel für eine Erinnerung aber funktioniert über ein Bildzitat: „Neues Selfie der ‚Fortschritte-bei-der-Abschiebung-Koalition‘“ (S. 132). Der Kontrast zu jenem alten Selfie, mit dem Grüne und FDP einst die „Fortschritts-Koalition“ sozialmedienwirksam lancierten, ist schlagend und wahrlich denkanstoßend.

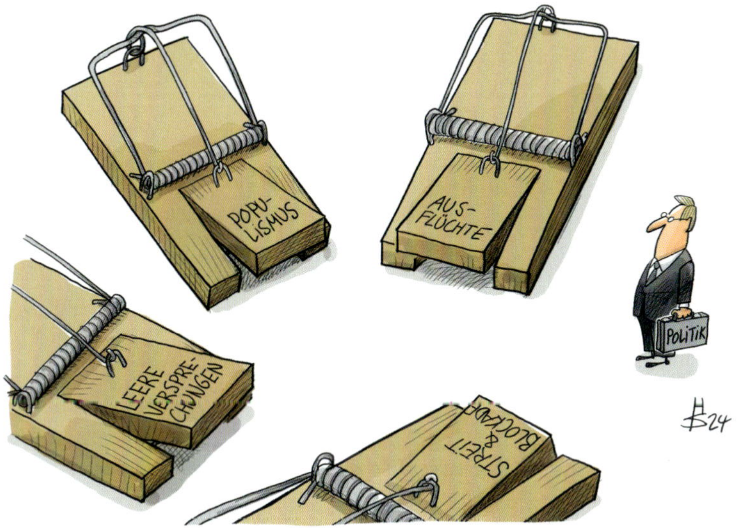

Kurz gesagt: Die Aussagen der Sakurai'schen ‚Leitartikel-Karikaturen‘ kommen aus der Sache, nicht aus der Masche. Trotzdem ist natürlich auch er angewiesen auf das, was der Kunsthistoriker Ernst Gombrich „Das Arsenal des Karikaturisten“ genannt hat. Doch Sakurai wählt seine Waffen und Werkzeuge sorgsam und schleift sie sich, wenn nötig, zurecht.

So sind metaphorische Redewendungen auch für ihn ein wichtiger Ansatzpunkt – aber er nimmt sie nicht einfach hin, sondern spielt hochreflektiert damit. Zum Beispiel wird die Redewendung, dass die SPD-Fraktion „geschlossen hinter“ dem Bundeskanzler stehe, grafisch mit einer weiteren kombiniert: Sie steht am Abgrund (S. 29). Und die vieldiskutierte „Schuldenbremse“ hat bei ihm sogar ein Gesicht bekommen, mit Bürokratenbrille, langer Nase und unbehaglicher Miene (S. 8). Das verleiht ihr eine gewisse Familienähnlichkeit mit anderen ad hoc-Personifikationen wie der GALERIA KAUFHOF (S. 80) oder dem Grundgesetz (S. 95). Doch Sakurai verfällt seiner eigenen Masche nicht: Auf dieser Karikatur nämlich würde eine vermenschlichte Schuldenbremse ablenken vom rührend hilflosen Anschlag der „alten Tante SPD“, die vorderhand nichts weiter gegen sie ausrichten kann (links). Übrigens kenne ich im Moment keinen Karikaturisten, der diese Tante im Repertoire hat – Sakurai hat sie wiederbelebt, weil sie noch immer etwas Wesentliches über die Mentalität dieser ehemaligen Volkspartei sagt. Das macht ihn keineswegs zum karikaturistischen Traditionalisten: Im Gegenteil ist er meines Wissens der einzige, der dem deutschen Michel genderbewusst eine „Michaela“ zur Seite stellt oder setzt (S. 37).

Noch wesentlich älter als Tante und Michel ist die antike Justitia. Sakurai kontrastiert diese Figur aus dem abendländischen Kulturgedächtnis effektvoll mit unserem Medienbildgedächtnis, indem er auch Bodyguards auftreten lässt (S. 118). Sie stehen für den amerikanischen Supreme Court, schützen aber nicht etwa die Gerechtigkeit, sondern vor ihr. Dass dieser Schutz ausgerechnet dem Frauenbelästiger Trump gilt, lässt ein satirisches Modell anklingen, das sogar noch älter ist als Justitia: die verkehrte Welt.

Und wie steht es mit dem karikaturistischen Mittel jener Aufschriften, die aus Gegenständen oder Figuren Metaphern und Allegorien machen? Wie das Beispiel von Schuldenbremse, SPD und Supreme Court zeigen, werden sie von Sakurai nicht verschmäht, aber doch sehr ökonomisch eingesetzt. Gehäuft treten sie ausnahmsweise allerdings in einer Karikatur auf, die zeigt, in was für gigantische Mausefallen die Politik nach dem Terroranschlag von Solingen im August 2024 tappen könnte (S. 3 oben): Der Herr mit dem „POLITIK“-Koffer studiert sie offenbar gerade intensiv und macht damit auch uns neugierig und bereit, der Lektüre etwas Zeit zu widmen.

Überhaupt stimmt es ja nicht unbedingt, dass wir einer Karikatur nur ein paar Sekunden zu schenken bereit sind. Die Kunst besteht darin, Neugier zu erzeugen, damit wir uns Zeit fürs genauere Anschauen nehmen – und sogar fürs Lesen. Dass auf einem Willkommens-Banner für Fachkräfte über einem roten Teppich nicht „Willkommen“ steht, sondern ein längerer Text, ist schon auf den ersten Blick ein Gag – und auf den zweiten wollen wir dann doch wissen, was da steht und wie Robert Habeck es kommentiert, während er neben Hubertus Heil davor wartet, ein Tablett mit Sektgläsern in der Hand (links). Und was geht eigentlich einer Innenministerin vor einer Pressekonferenz über die Kriminalstatistik durch den Kopf (oben)? Auch das wollen wir gerne wissen – auch wenn wir wissen, dass es Sakurai eigentlich auch nicht wissen kann. Aber er hat genügend darüber nachgedacht, es uns plausibel zu machen.

AMPEL
JAHRESWECHSEL

Deutschland schafft die Energie-Synthese.
Bundeskanzler Scholz reist mit großer Delegation zum Weltklimagipfel COP 28, um für den Ausstieg aus fossilen Energien zu werben.

Alle Jahre wieder. Auch der Weltklimagipfel COP 28 dürfte nicht die klaren Beschlüsse bringen, die zur Bekämpfung des Klimawandels nötig wären.

Es weihnachtet sehr. Die Spitzen der Ampel Scholz, Habeck und Lindner versuchen, Einigkeit bei der Neuaufstellung des Haushalts 2024 zu finden.

Das bisschen Haushalt macht sich von allein – sagt mein Mann.
Die Spitzen der Ampel-Koalition haben sich noch immer auf keinen Haushaltsentwurf für 2024 geeinigt.

Die CDU auf dem Weg zur Nachhaltigkeit. CDU-Chef Merz erklärt, der erste Entwurf zum neuen Parteigrundsatzprogramm sei fertiggestellt. In der Haushaltskrise will die CDU weiterhin vor allem bei den Sozialausgaben sparen.

Damnatio memoriae via Grundsatzprogramm.
Die CDU stellt ihr neues Grundsatzprogramm vor, das sich in zentralen Punkten (wie Migrationspolitik und Atomkraft) klar von der Politik Angela Merkels absetzt.

Pisa-Schock. Die deutschen Schüler haben beim internationalen Pisa-Test 2023 so schlecht abgeschnitten wie nie und zeigen besonders bei Mathematik und Lesen Schwächen.

Jeder beschenkt sein Christkind.
Nach wochenlangen Verhandlungen einigt sich die Ampel auf einen Haushaltsentwurf 2024 unter (einstweiliger) Wahrung der Schuldenbremse.

Gedanke, der sich aufdrängt. Durch Verlassen des Raumes ermöglicht Ungarns Ministerpräsident Orban einen einstimmigen Beschluss zum Beginn von Beitrittsverhandlungen der Ukraine mit der EU. Allerdings blockiert er weiterhin Finanzmittel für die Ukraine im EU-Haushalt.

Washington-Besuch mit Enttäuschungspotential. Der ukrainische Präsident reist nach Washington, um um weitere finanzielle Unterstützung zu werben. Die Republikaner blockieren aus innenpolitischen Gründen im Kongress die nötigen Finanzmittel.

Wie die Huthis uns das Fest vermiesen.
Huthi-Attacken im Roten Meer belasten die Lieferketten.

Europäische Weihnachtsbotschaft. Die EU-Staaten einigen sich auf einen Asylkompromiss, der die Bedingungen deutlich verschärft und Aufnahmelager an den EU-Außengrenzen vorsieht.

Depressions-Krisenintervention. Am Jahresende 2023 ist noch kein Ende des Ukraine-Krieges in Sicht. Mit dem Krieg in Gaza ist ein weiterer großer Konflikt hinzugekommen.

Der größte aller Parlamentarier im Himmelreich. Wolfgang Schäuble stirbt mit 81 Jahren.
Er saß über 50 Jahre im Bundestag und war der vielleicht wichtigste bundesdeutsche Politiker, der niemals Bundeskanzler wurde.

Dinner for one, Haushaltskrisen-Variante. Die Ampel-Koalition hat ein schwieriges Regierungsjahr hinter sich. Das schwerwiegendste Problem war die durch das Urteil des Bundesverfassungsgerichts ausgelöste Haushaltskrise.

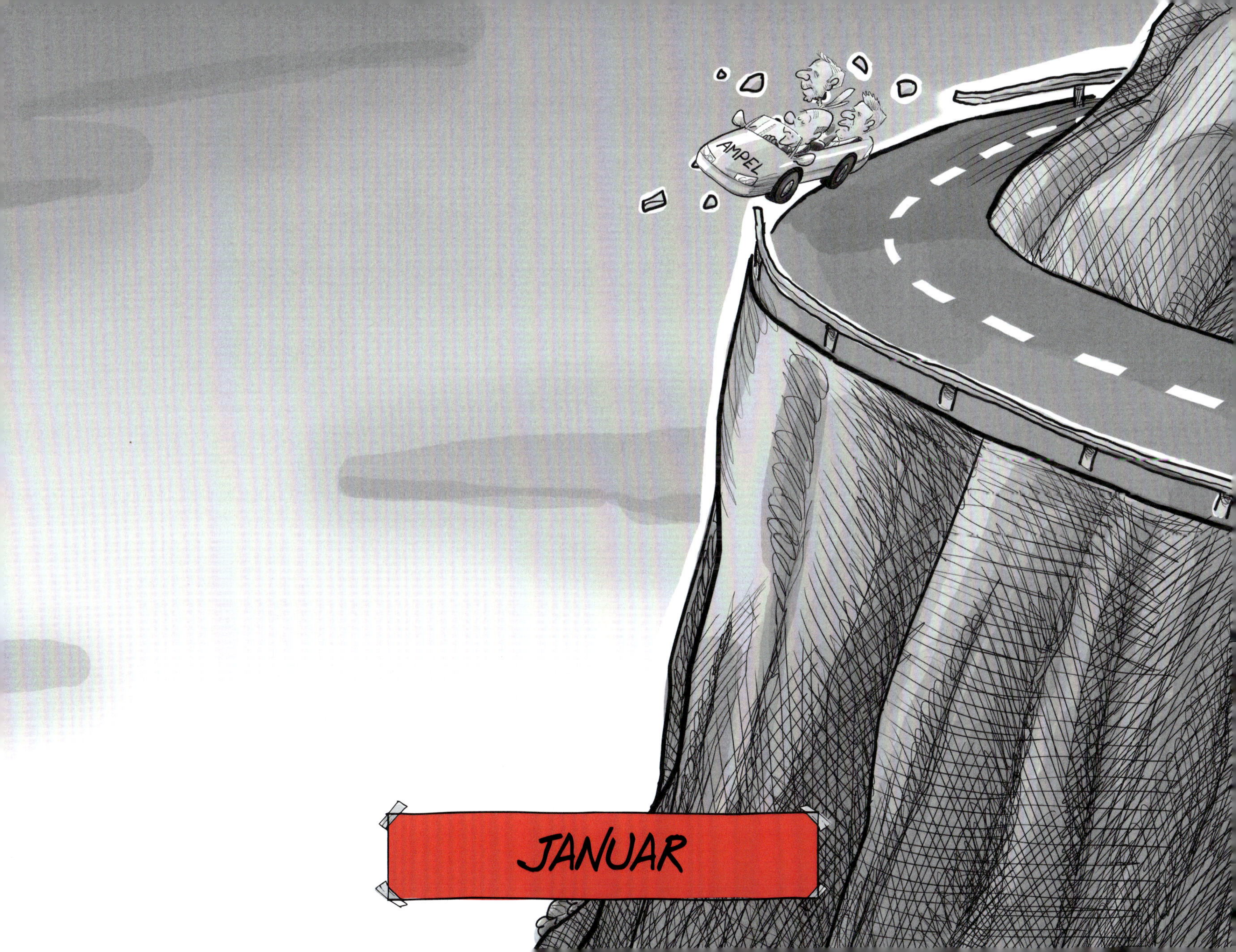
AMPEL
JANUAR

Die Imagekampagne 2024 steht. Die Umfragewerte von Bundeskanzler Scholz bleiben schlecht. Das Copyright der originalen ersten Micky-Mouse-Version von 1928 läuft aus.

Das Glückskind, dem niemand böse sein kann.
Franz Beckenbauer, die prägendste und wichtigste Figur des deutschen Fußballs, stirbt mit 78 Jahren.

Habeck kann auch anders. Aufgebrachte Landwirte verhindern, dass Wirtschaftsminister Habeck nach seinem Urlaub von der Fähre an Land gehen kann. Der Bauernverband distanziert sich von dieser Aktion.

Was nur noch fehlt. Bundesweit beginnen Bauern-Proteste gegen die (teilweise wieder zurückgenommenen) Sparmaßnahmen der Ampel-Regierung. – Sahra Wagenknechts ‚Bündnis' ist nun auch eine offizielle Partei.

Spontane Protest-Solidarisierung: Milchstraßen-Blockade.
Die Proteste der Bauern fallen in eine Atmosphäre weit verbreiteter Unzufriedenheit mit der Ampel-Regierung, die sich auch an deren Umfragewerten ablesen lässt.

Der Absolutist des Arbeitskampfes.
GDL-Chef Weselsky kündigt zu Beginn des Streiks weitere Streiks an, sollte die Deutsche Bahn nicht einlenken.

Gerade ganz ungünstig.
Die FDP-Mitglieder plädieren mit knapper Mehrheit (und rechtlich nicht bindend) für den Verbleib in der Ampel.

Wo auch sonst? Am Rande der SPD-Fraktions-Klausur erklärt Fraktionschef Mützenich, man stehe ungeachtet der schlechten Umfragewerte von Partei und Kanzler geschlossen hinter Bundeskanzler Scholz.

Aus Rechtsextremists guter Stube.
Der in rechtsextremistischen Kreisen gebräuchliche Begriff ‚Remigration' wird zum Unwort des Jahres gewählt.

Auftrag für die Ampel.
Am Wochenende demonstrieren Zehn- und Hunderttausende Menschen in deutschen Städten gegen Rechtsextremismus und Erstarken der AfD.

Unangenehmer Moment beim Einbürgerungstermin. Die Ampel-Parteien beschließen im Bundestag eine Erleichterung der Einbürgerung. Derweil steht die Öffentlichkeit noch immer unter dem Eindruck eines Potsdamer Rechtsextremisten-Treffens.

Merz-Version. CDU-Chef Merz kritisiert in der Generaldebatte im Bundestag die nach seiner Meinung verschleppte Einführung von Bezahlkarten für Geflüchtete und kündigt an, die Schuldenbremse nicht aufweichen zu wollen.

Wer Trumps Comeback bisher NICHT aufhalten konnte. Donald Trump gewinnt die ersten Vorwahlen in Iowa mit historisch großem Abstand. Dass er nicht der republikanische Präsidentschaftskandidat wird, ist sehr unwahrscheinlich.

FEBRUAR

Verdirbt uns die Ampel auch den Karneval?
Die Stimmung in der Ampel ist weiterhin angespannt – neuster Konflikt ist die Frage einer Entlastung der Wirtschaft.

Problem erkannt, Problem …?
Bundeswirtschaftsminister Habeck legt den Jahreswirtschaftsbericht vor, nach dem die Wirtschaft 2024 nur minimal um 0,2 Prozent wachsen wird.

Aus Erfahrung wird man klug.
Der Blitzstart der Wagenknecht-Partei BSW in allen Umfragen stellt die CDU vor die Frage, wie sie es nach den Landtagswahlen in Ostdeutschland mit dem BSW halten soll.

Unglücklich verlaufende Rapunzel-Geschichte.
FDP-Generalsekretär Djir-Sarai bringt eine Koalition mit der Union ins Spiel – ohne dass diese überhaupt eine Regierungsmehrheit hätte.

Sicher genug…?!
Ampel und Unions-Opposition müssten kooperieren, um das Bundesverfassungsgericht und seine Unabhängigkeit besser im Grundgesetz abzusichern.

Wanderzirkus, auch bald in Ihrer Nähe!
Die CDU präsentiert bei Regionalkonferenzen ihren Entwurf zum neuen Grundsatzprogramm.

Putins Allzweckwaffe.
Trotz eines großen Polizeiaufgebots nehmen in Moskau Tausende an der Beisetzung des bekanntesten Oppositionellen und Putin-Gegners Alexej Nawalny teil.

Was Putin zu bieten hat. Bei seiner Rede an die Nation droht der russische Präsident Putin dem Westen mit Atomwaffen, sollten Bodentruppen in der Ukraine eingesetzt werden, und macht der Bevölkerung soziale Versprechungen.

Die Stimmung bei der Sicherheitskonferenz.
In einer äußerst dunklen Weltlage startet die Münchner Sicherheitskonferenz.

Ein Glück, dass wir die Achse Paris-Berlin haben. Bundeskanzler Scholz weist die Lieferung von Taurus-Marschflugkörpern in die Ukraine weiter zurück, dafür will der französische Präsident Macron den Einsatz von Bodentruppen in der Ukraine nicht ausschließen.

Arbeiten die Demokraten schon an einem Kandidaten-Plan B? Angesichts der deutlichen altersbedingten Schwächen von US-Präsident Biden kursieren Spekulationen, wie doch noch die Aufstellung eines anderen demokratischen Präsidentschaftskandidaten möglich wäre.

Nikki Haley bleibt dran.
Trotz des klaren Siegs von Donald Trump bei den Vorwahlen in South Carolina gibt seine letzte innerparteiliche Herausforderin Nikki Haley nicht auf.

Was von der Ampel übrig bleibt.
Die Ampel-Mehrheit im Bundestag beschließt das Gesetz zur Legalisierung des (beschränkten) Besitzes von Cannabis.

MÄRZ

Deutschland genießt die Frühlingsstreiks.
Parallel bestreikt die GDL die Deutsche Bahn und Ver.di die Lufthansa.

Neuer Beraterjob für Claus Weselsky.
Die anhaltende Taurus-Debatte innerhalb der Ampel-Koalition beschädigt auch die Autorität von Bundeskanzler Scholz.

Puh, sind wir da erleichtert!
Der Jahresbericht der Wehrbeauftragten Högl (SPD) weist auf noch immer bestehende Ausrüstungsmängel und fehlendes Personal hin.

Perfekt bei Geheimhaltungs- und sonstiger Kompetenz. Die Vorsitzende des Auswärtigen Ausschusses Strack-Zimmermann fordert eine Verkleinerung des Ausschusses, nachdem Vertraulichkeiten zu Taurus medial bekannt geworden waren.

Selbstbild Bürgerkanzler.
Mit seiner Zurückhaltung bei der Lieferung von Waffen an die Ukraine sieht Bundeskanzler Scholz sich im Einklang mit der Mehrheit der Bevölkerung.

Weimarer Therapie-Dreieck. In Berlin trifft sich das Weimarer Dreieck: Bundeskanzler Scholz, Frankreichs Präsident Macron und der polnische Ministerpräsident Tusk. Die Beziehung zwischen Scholz und Macron gilt als sehr angespannt.

Alles wie üblich beim seltsamen Paar.
Der russische Präsident Putin droht erneut mit russischen Atomwaffen.

Bestens organisierter Lieferservice.
Putin stellt sich zur Wiederwahl. An einem hohen Sieg besteht kein Zweifel.

Und nun zum Eingefrorenen.
Die EU-Kommission plant, mit den Zinsen des in der EU eingefrorenen russischen Vermögens Waffen und Munition für die Ukraine zu kaufen.

Spitzenkandidatinnen-Vorsorge. Die Europäische Volkspartei EVP unterstützt Ursula von der Leyen bei ihrem Anliegen, EU-Kommissionspräsidentin zu bleiben. Allerdings soll sie ihren Fokus eher auf die Wirtschafts- als auf die Klimapolitik richten.

Wir überwinden die Industrialisierung! Ein mutmaßlich von einer linksextremen Gruppe verübter Anschlag auf die Stromversorgung der Tesla-Fabrik in Grünheide verursacht Schäden von mehreren 100 Millionen Euro.

Echt jetzt, die AfD beschäftigt rechtsextremistische Mitarbeiter?!
Nach Medienrecherchen beschäftigt die AfD-Fraktion im Bundestag mehr als 100 Mitarbeiter aus rechtsextremen Kreisen.

Amerika, du hast die Wahl!
Nach dem Super Tuesday der US-Vorwahlen ist klar, dass das Duell um die Präsidentschaft erneut Biden gegen Trump lautet.

Wunschpartner im Gaza-Konflikt.
Die Beziehungen zwischen dem US-Präsidenten Biden und Israels Ministerpräsidenten Netanjahu sind mittlerweile mehr als belastet.

Es ostert schon.
Angesichts der vielen Konflikte innerhalb der Ampel ist eine Neuauflage dieses Bündnisses nach der nächsten Bundestagswahl kaum noch denkbar.

APRIL

Sultan im Frühjahrssturm. Bei den Kommunalwahlen in der Türkei fügt die Opposition der AKP von Präsident Erdogan eine klare Niederlage bei. Besonders schmerzhaft für ihn ist der erneute Sieg des Bürgermeisters von Istanbul, Ekrem Imamoglu, von der CHP.

Bilanz langjähriger deutscher Außenpolitik.
Wie in den Beziehungen zu Russland und zu China muss sich die deutsche (und EU-)Außenpolitik einer Neujustierung der Iran-Politik stellen.

Das Thema heute: Kindergrundsicherung.
Die Kindergrundsicherung von Familienministerin Paus bleibt ein Streitthema in der Ampel, vor allem zwischen den Grünen und der FDP.

Jedenfalls ist er kein Genosse der Bosse.
BDI-Chef Russwurm zeigt sich von der Zusammenarbeit mit dem Bundeskanzler sehr enttäuscht und spricht von ‚zwei verlorenen Jahren' für die deutsche Wirtschaft.

Gehen die FDP-Provokationen weiter? Medienberichte spekulieren über einen möglichen Ampel-Ausstieg der FDP. Das erste April-Wochenende bringt Rekord-Temperaturen von bis zu 30 Grad Celsius.

Liberaler Eskapismus.
Die FDP möchte bei ihrem Parteitag in Berlin ihr Profil schärfen – ein gegen die Ampel-Partner gerichtetes Positionspapier wurde bereits im Vorfeld veröffentlicht.

Was kommt als Nächstes im russischen Hybridkrieg? Dem AfD-Bundestagsabgeordneten Bystron wird vorgeworfen, vom russischen Propagandanetzwerk Voice of Europe Geld angenommen zu haben. Gegenüber seiner Parteiführung streitet er dies ab.

Die AfD steht zu ihrem Spitzenmann. Die AfD-Spitze hält trotz seiner China-Verstrickungen weiter zum Europawahl-Spitzenkandidaten Krah. Allerdings soll er während des Wahlkampfes im Hintergrund bleiben.

Alternative zur Pressefreiheit.
Ein zentraler Strategiepunkt der AfD ist die Desavouierung von öffentlich-rechtlichem Rundfunk und Presse.

Eigentlich Brüder im Geiste. In Hamburg findet eine Islamisten-Demonstration statt, bei der die Errichtung des Kalifats gefordert und die Medienberichterstattung (z. B. über Gaza) als Fake News bezeichnet wird.

Erster Spatenstich für die Festung Europa.
Das EU-Parlament stimmt für die Verschärfung des Asylrechts. Mit der Umsetzung dürfte es dauern.

Lauter Volltreffer von Netanjahu.
Die Kriegsführung der Regierung Netanjahu im Gazastreifen sorgt bei den engsten Verbündeten Israels, den USA und Deutschland, zunehmend für Verärgerung.

Joe Biden ist erleichtert.
Auch mit republikanischer Unterstützung billigt das US-Repräsentantenhaus die lang blockierte Milliardenhilfe für die Ukraine.

Details beim Peking-Besuch, die uns im Nachhinein auffallen.
Innerhalb weniger Tage werden in Deutschland mehrere chinesische Spione enttarnt.

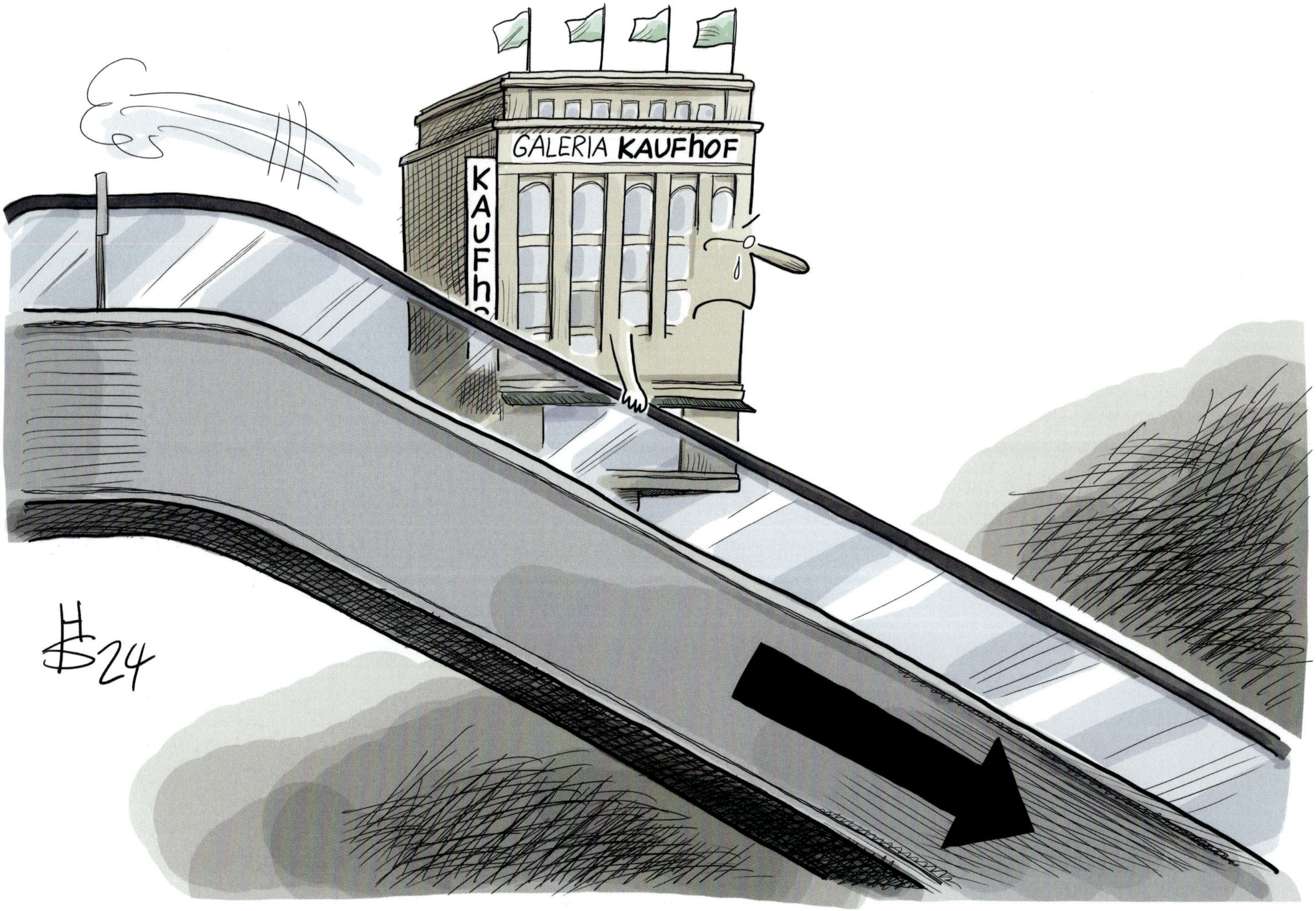

Neuer Investor, alter Weg?
Die Unternehmer Richard Baker und Bernd Beetz übernehmen den insolventen Warenhauskonzern Galeria Kaufhof.

AMPEL
MAI

Wie sehr beuten wir die KI jetzt schon aus?
Traditionsgemäß begehen die Gewerkschaften den Tag der Arbeit mit Kundgebungen, in denen auch mehr Freizeit gefordert wird.

Kann zu viel Information verunsichern?
Der online verfügbare Klinik-Atlas startet, bei dem alle Krankenhäuser gelistet und bewertet werden.

Das riecht nach Ärger.
In der Ampel-Koalition beginnen die Verhandlungen über den Haushalt 2025. Finanzminister Lindner fordert klare Ausgabenbeschränkungen.

Wir freuen uns auf die neuen Folgen von „Väter und Mütter der Klamotte“.
In der Bundesregierung laufen die schwierigen Verhandlungen über den Haushalt 2025.

Letzte Sicherheitschecks vor dem Parteitag.
Die CDU trifft sich in Berlin zum dreitägigen Bundesparteitag. Auch CSU-Chef Söder wird ein Grußwort sprechen.

Die Büchse der Polarisierung ist geöffnet.
Bei ihrem Bundesparteitag in Berlin will die CDU ihr neues Grundsatzprogramm beschließen. Dort taucht auch der umstrittene Begriff der ‚Leitkultur' auf.

Klimbim-Opas Läuterung.
Die Ampel-Parteien registrieren, dass CDU-Chef Merz beim CDU-Parteitag betont staatsmännisch auftrat.

Eine Schande.
Der rassistische ‚Deutschland den Deutschen'-Partygesang von Sylt, der keineswegs ein Einzelfall war, bewegt die öffentliche Diskussion.

Wenn ein Schweinchen permanent auf Wolf macht.
Die FDP stellt den mit den Ampel-Partnern gefundenen Kompromiss beim Rentenpaket II wieder in Frage.

Versuchsanordnung von besonderem (Eigen-)Interesse.
Nach einem halben Jahr gelingt es dem Rechtspopulisten Geert Wilders, eine Regierungskoalition unter Einschluss seiner Partei der Freiheit PVV zu bilden.

Der Wind ändert sich und wir uns mit ihm (nach Ovid).
Nachdem die USA der Ukraine den Einsatz der von ihnen gelieferten Waffen gegen russische Ziele nahe Charkiw erlaubt haben, tut dies auch die Bundesregierung.

Generalprobe.
China veranstaltet vor Taiwan ein großes Militärmanöver, das als Drohung und Machtdemonstration verstanden werden darf.

Russische Geheimdienstfingerübung. Das Außenministerium macht eine Einheit des russischen Militärgeheimdienstes GRU für einen Hacker-Angriff auf die E-Mail-Konten des SPD-Vorstands im Januar 2023 verantwortlich.

Jubiläum in schwierigen Zeiten.
Das Grundgesetz wird zum 75-jährigen Jubiläum ausgiebig gewürdigt, steht allerdings auch innen- wie außenpolitisch unter großem Druck.

Mir san aus allen Wolken gefallen.
Völlig überraschend sagt auch Ralf Rangnick dem FC Bayern München ab – schon der dritte Trainer-Kandidat.

JUNI

Wahlkampf für die SPD war schon mal einfacher.
Die Waffen-Wende von Bundeskanzler Scholz ist mit der Wahlkampf-Plakatierung nur schwer vereinbar.

Wählen wir unser Verhängnis selbst?
Bei der Europawahl drohen Gewinne der rechtsextremen und rechtspopulistischen Parteien, die europafeindlich eingestellt sind.

Rückenwind war früher mal.
Die Grünen sind in Deutschland die deutlichsten Verlierer der Europawahl.

Krisenbewältigungs-Ansätze. Die Union fordert nach der Ampel-Niederlage bei der Europawahl Neuwahlen, so wie sie der französische Präsident Macron angekündigt hat. Die stehen allerdings nicht zur Diskussion.

Public Viewing-Saison.
Nach der schweren Niederlage der Ampel bei der Europawahl (v. a. von Grünen und SPD) dürfte es besonders harte Auseinandersetzungen um den Haushalt 2025 geben.

FC Schuldenbremse mit Zehnerabwehrkette.
Finanzminister Lindner weist Vorschläge zurück, die Schuldenbremse durch die Schaffung von weiteren Sondervermögen zu umgehen.

Meloni und die sechs Zwerge.
Außer Gastgeberin Meloni sind alle Staats- und Regierungschefs der G7 angeschlagen.

Sie machen keinen Hehl daraus. Die rechtspopulistischen Parteien Fidesz (Ungarn), FPÖ (Österreich) und ANO (Tschechien) gründen eine Allianz, der weitere rechte Parteien beitreten sollen, um eine neue, sehr rechte Fraktion im EU-Parlament zu bilden. FPÖ-Chef Kickl bezeichnet das Bündnis bereits als ‚Trägerrakete'.

Ziemlich beste Höllenfreunde. Der russische Präsident Putin besucht den nordkoreanischen Machthaber Kim Jong-un und unterzeichnet mit ihm ein Partnerschaftsabkommen, das vor allem militärisch relevant ist.

Fremdschämen mit Alexander Dobrindt.
CSU-Landesgruppenchef Dobrindt fordert für die CSU-Bundestagsfraktion, die Ukraine solle arbeitslose Flüchtlinge wieder zurücknehmen.

Gedanken zum Verfassungsschutzbericht. Der Verfassungsschutzbericht sieht Bedrohungen durch Linksextremisten, Islamisten und vor allem Rechtsextremisten. Ihnen allen gemeinsam sind oftmals Antisemitismus und Israelhass.

Der Verkannte. Der israelische Ministerpräsident Netanjahu erklärt, die heftigsten Kampfhandlungen in Gaza seien nun beendet, Truppenteile könnten nun an die Grenze zum Libanon verlegt werden, wo der nächste kriegerische Konflikt mit der Hisbollah droht.

Die Demokraten nach dem TV-Duell.
US-Präsident Biden vermittelt beim ersten TV-Duell mit Herausforderer Trump einen desaströsen Eindruck.

JULI

Motivationshilfe.
Nach dem unglücklichen Scheitern im EM-Viertelfinale gegen Spanien ist für Deutschlands Nationalmannschaft und Fans das Sommermärchen vorbei.

Unermüdlich im Dienst.
In mehreren Interviews distanziert sich Finanzminister Lindner von den Koalitionspartnern SPD und Grünen.

Der Ratgeber. Die AfD bemüht sich beim Bundesparteitag in Essen um Harmonie und Ordnung, die wiedergewählte Co-Vorsitzende Weidel sucht weiterhin die Annäherung zu Marine Le Pens Rassemblement National.

Der Beginn einer wunderbaren Freundschaft? Das Bundesverfassungsgericht bestätigt die Wahlrechtsreform der Ampel, kippt aber die Abschaffung der Grundmandatsklausel. Dies hätte vor allem die Linkspartei und die CSU gefährdet.

Friedrich Merz in Olympia-Form. Im WamS-Interview kündigt CDU-Chef Merz im Falle eines Bundestagswahlsiegs eine klare politische Kehrtwende an. – Der deutsche Schwimmer Lukas Märtens gewinnt die erste Gold-Medaille für Deutschland bei den Olympischen Spielen in Paris.

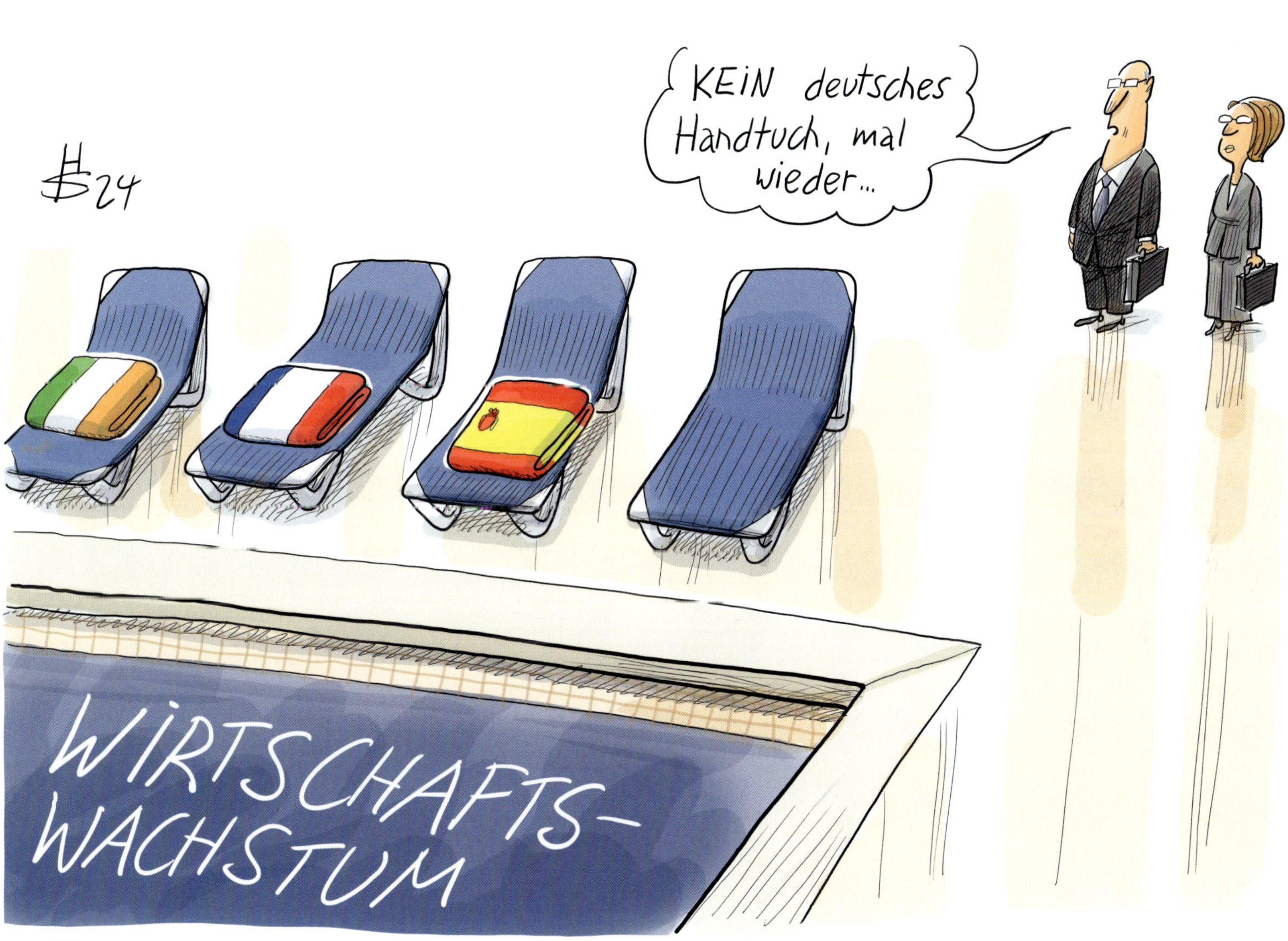

Wir sind nicht mehr die, die wir mal waren.
Die deutsche Wirtschaft schrumpft im zweiten Quartal 2024 überraschend um 0,1 Prozent und liegt deutlich hinter anderen EU-Staaten zurück.

Trumps Leibwächter. Der Supreme Court mit seiner konservativen Richtermehrheit bescheinigt Ex-Präsident Trump weitgehende Immunität. Der Sturm auf das Kapitol wird somit vor der Wahl nicht mehr geahndet.

Quo vadis, Amerika? Während einer Wahlkampfveranstaltung kommt es zu einem Attentatsversuch auf Donald Trump. Dieser dürfte den ohnehin aggressiven Wahlkampf noch weiter anheizen.

Biden wird isoliert.
US-Präsident Biden hat sich mit Corona infiziert. Derweil rücken immer mehr demokratische Parteifreunde von ihm ab.

Nunmehr im Visier von Donald Sauron. Nach dem Rückzug von Präsident Biden von der erneuten Kandidatur beginnt das Trump-Lager bereits mit Attacken auf die wahrscheinliche neue demokratische Präsidentschaftskandidatin Kamala Harris.

King Starmer zieht in Camelot ein.
Labour-Chef Keir Starmer wird nach einem großen Wahlsieg über die Tories neuer britischer Premierminister. Er übernimmt ein Land in der Krise.

Im Bann der Spiele. Der französische Präsident Macron erklärt, sich erst nach den Olympischen Spielen in Paris mit der Ernennung eines neues Ministerpräsidenten befassen zu wollen. So bleibt Frankreich ohne demokratisch legitimierte Regierung.

Reisezeit.
Das letzte Juli-Wochenende gilt als das staureichste Wochenende des Jahres.

AUGUST

Der Sommer der Koalition.
Trotz eines erneuten Haushaltskompromisses scheint die Ampel-Koalition mit ihren (Gestaltungs-)Kräften am Ende zu sein.

Kommt das Duumvirat?
CDU-Chef Merz bietet Bundeskanzler Scholz bei der Bekämpfung illegaler Einwanderung die Zusammenarbeit an an den Ampel-Partnern FDP und Grüne vorbei.

Am Hofe von Queen Sahra I. Bei den kommenden Landtagswahlen in Ostdeutschland ist die ganz auf Sahra Wagenknecht ausgerichtete BSW bei der Regierungsbildung mutmaßlich in einer Schlüsselrolle.

Ein Christian Lindner lässt niemanden hängen.
Im Haushalt für 2025 sind die Finanzmittel für die Ukraine gedeckelt, was sich bereits jetzt schon auf die Lieferung neuer Waffen auswirkt.

Ampel-Feeling auf der Gamescom.
Inmitten einer ausgeprägt schlechten Stimmung in der Regierungskoalition eröffnet Wirtschaftsminister Habeck die Gamescom in Köln.

Das Zerstörungspotential.
In Solingen findet ein Terrorattentat statt. Dieses hat das Potential, die ohnehin schon polarisierte Gesellschaft weiter zu spalten.

Neues Selfie der ‚Fortschritte-bei-der-Abschiebung-Koalition'. Einen Tag nach dem Maßnahmenpaket der Ampel gegen illegale Einwanderung werden erstmals seit Machtübernahme der Taliban wieder Straftäter nach Afghanistan abgeschoben.

Wasser in den Euphorie-Wein.
Die Convention der Demokraten in Chicago feiert Präsidentschaftskandidatin Kamala Harris, die auch in den Umfragen einen stetigen Aufschwung nimmt.

Sein Plan B. Der republikanische Präsidentschaftskandidat Trump hat bisher keine inhaltliche Antwort auf den neuen demokratischen Schwung durch Kamala Harris gefunden. Er dürfte sich umso mehr auf persönliche Angriffe verlegen.

Der Realo von den Grünen.
Grünen-Co-Chef Omid Nouripour nennt die Ampel im ARD-Sommerinterview eine ‚Übergangskoalition'.

Scholz hat einen Lauf. Mit massivem Einsatz des Bundes – einer befristeten Quasi-Verstaatlichung – rettet Bundeskanzler Scholz die von der Insolvenz bedrohte Meyer Werft, die trotz Milliarden-Aufträgen durch die Corona-Pandemie in Probleme geraten ist.

Fahrplan-Gestaltung bei der Deutschen Bahn.
Ein Bahn-Aufsichtsratsmitglied erklärt laut Süddeutsche Zeitung, aufgrund der maroden Infrastruktur würden Fahrpläne nicht mehr berechnet, sondern nur noch geschätzt.

Die Kraft des positiven Denkens.
Nach den Umfragewerten erwarten die Parteien der Ampel-Koalition bei den Landtagswahlen in Sachsen und Thüringen ein Desaster.

SEPTEMBER

Die Wahl-Qual für das Thüringer Rostbratwürstchen.
Nach der Landtagswahl in Thüringen ist CDU-Landeschef Voigt auf die Zusammenarbeit mit dem Bündnis Sahra Wagenknecht BSW angewiesen.

Thüringer Wahlsieger auf Partnersuche.
Die AfD und ihr Spitzenmann Björn Höcke sind die Sieger der Thüringer Landtagswahl. Koalieren möchte niemand mit ihnen.

Canossa liegt in Ostdeutschland.
Sowohl in Thüringen als auch in Sachsen ist die CDU auf die Wagenknecht-Partei BSW angewiesen.

Der König der Unions-Löwen und sein Bruder.
Bayerns Ministerpräsident Söder bekräftigt, dass er sich nach wie vor als potentiellen Kanzlerkandidaten der Union sieht.

Redigierungsvorschlag aus der Union.

CSU-Chef Söder fordert die Abschaffung des im Grundgesetz verbrieften Individualrechts auf politisches Asyl. Ähnliche Überlegungen kamen auch schon aus der CDU.

SPD-Organigramm, Stand jetzt. Die SPD-Parteispitze gibt sich von dem Desaster der Landtagswahlen in Thüringen und Sachsen noch relativ unbeeindruckt. Innerhalb der Partei selbst wächst die Verzweiflung.

Ein Weltkonzern spart zu Hause.
Der VW-Konzern plant massive Einsparungen, die auch die Arbeitsplätze in Deutschland betreffen.

Habeck lädt zum Autogipfel.
Bundeswirtschaftsminister Habeck lädt die kriselnde deutsche Autoindustrie zu einem Autogipfel.

Was lehrt uns Brandenburg?
Auf den letzten Metern überholt SPD-Ministerpräsident Woidke die AfD und gewinnt die Landtagswahl.

Seelenmassage für die Ein-Prozent-Partei.
Nach der erneuten Wahlkatastrophe in Brandenburg wächst die Nervosität bei der FDP weiter, es mehren sich die Forderungen nach einem Ausstieg aus der Ampel-Koalition.

Die x-te Nahostmission für Annalena Baerbock.
Außenministerin Baerbock startet eine neue Vermittlungsreise in die Nahostregion und nach Israel – mit beschränkten Erfolgsaussichten.

Zeitgeist-Partei war früher.
Der Druck auf die Grünen wächst in der Frage der Verschärfung des Asylrechts, zumal Union, FDP und SPD sich einander sehr angenähert haben.

Neuer Versuch: Überzeugung statt Zurückweisung. Der Teileinsturz der Dresdner Carolabrücke zeigt erneut, wie anfällig die Infrastruktur in Deutschland inzwischen ist. – Die Diskussion um die Verschärfung des Asylrechts geht weiter.

Merz beweist: Zurückweisungen funktionieren!
CSU-Chef Söder stellt sich bei einem gemeinsamen Auftritt mit CDU-Chef Merz hinter dessen Kanzlerkandidatur.

Das Problem mit Fake News.
Kamala Harris gewinnt die TV-Präsidentschaftsdebatte gegen Donald Trump. Dieser präsentiert wie gewohnt Fake News und Lügen.

Netanjahus Friedensplan.
Israel bombardiert Hisbollah-Stellungen im Libanon, Hunderte Menschen sterben. Ziel sei es, die Hisbollah zum Rückzug und zu Verhandlungen zu zwingen.

Letzte Regierungsposten vergeben. Der französische Präsident Macron ernennt seine neue Regierung unter dem konservativen Premier Barnier, die über keine eigene Mehrheit im Parlament verfügt und ganz von der Duldung durch Marine Le Pens Rassemblement National RN abhängig ist.

Herbststimmung bei Selenskyj. Durch zahlreiche Termine während der UN-Vollversammlungs-Woche in New York versucht der ukrainische Präsident Selenskyj, der wachsenden Kriegsmüdigkeit seiner westlichen Unterstützer entgegenzuwirken.

Koalition am Rande des Nervenzusammenbruchs. Nach der verheerenden Niederlage bei der Brandenburger Landtagswahl erklärt das Grünen-Führungsduo Ricarda Lang und Omid Nouripour seinen Rücktritt nach dem Parteitag im November.

OKTOBER

Amerikas Autorität.
Israels Armee beginnt mit der Bodenoffensive im Libanon. Die USA hatten zuvor immer wieder vor der Eskalation des Konfliktes mit der Hisbollah gewarnt.

Putins Dialogbereitschaft.
Nach Medienberichten, dass Bundeskanzler Scholz ein Telefonat mit dem russischen Präsidenten Putin plane, erklärt der Kreml, dazu fehlten gemeinsame Gesprächsthemen.

Der neue FDP-Asylplan. Die FDP-Bundestagsfraktion spricht sich für eine Verschärfung des Asylrechts aus, die auch die Kürzung von Sozialleistungen für abgelehnte Asylbewerber vorsieht. Dies dürfte vor allem auf Widerstand bei den Grünen stoßen.

Keine Sorge, Chefarzt-Behandlung!
Die Pflegeversicherung steht kurz vor der Pleite. Gesundheitsminister Lauterbach verspricht ein neues Finanzkonzept.

FPÖ-Held auf Partnerschau. Bei den österreichischen Parlamentswahlen wird die rechtspopulistische FPÖ erstmals stärkste Partei. Ihren noch weiter rechts stehenden Chef Herbert Kickl will keine der anderen Parteien zum Kanzler machen.

Das Mindestmaß an Staatsraison. In Israel und auch in Deutschland wird des 7. Oktobers gedacht, des Jahrestags des Hamas-Terrorangriffs. Seit diesem Tag fühlen sich auch Juden in Deutschland deutlich bedrohter.

Söder hilft, wo er kann. CSU-Chef Söder droht wiederholt mit einem Veto, falls die CDU eine schwarz-grüne Koalition im Bund anstrebe, und schränkt damit die Optionen von Kanzlerkandidat Merz deutlich ein.

Das Prinzip BSW.
In Thüringen, Sachsen und Brandenburg wird das BSW zum Regieren benötigt. Fraglich ist, wie hoch Sahra Wagenknecht die Hürden legt.

Also quasi Notwehr. Die CDU kritisiert das von der Ampel beschlossene und an einigen Stellen etwas entschärfte Sicherheitspaket als völlig unzureichend und fordert weiterhin Zurückweisungen von Geflüchteten an der Grenze.

Bewährte Winner-Kampagne, nochmal optimiert. Bei ihrer Vorstandsklausur beschließt die SPD die Grundzüge ihres Wahlprogramms, das im Zeichen der Arbeitnehmerentlastung stehen soll. Auch der Mindestlohn soll auf 15 Euro steigen.

Blühende Brombeerlandschaften in Ostdeutschland. Sowohl in Thüringen als auch in Sachsen nähern sich CDU und BSW in Gesprächen an, so dass einen Zusammenarbeit, eventuell gar die sogenannte Brombeer-Koalition zusammen mit der SPD, näher rückt.

Nur ein Symbolbild.
Bundeskanzler Scholz stimmt gegen EU-Strafzölle auf E-Autos, die gegen China gerichtet sind. Die Mehrheit der EU-Staaten ist jedoch dafür.

Letze Gedanken zu Kevin Kühnerts Rücktritt.
SPD-Generalsekretär Kühnert stellt aus gesundheitlichen Gründen sein Amt zur Verfügung und will auch nicht wieder für den Bundestag kandidieren.

Abschiedsatmosphäre.
US-Präsident Biden holt seinen kürzlich verschobenen Besuch in Berlin in verkürzter Form nach.

Wahlkampf-Endspurt für Donald Trump.
Kurz vor der Präsidentschaftswahl werden die Angriffe Donald Trumps auf die demokratische Kandidatin Kamala Harris und ihre Anhänger immer heftiger.

Botschaft in den Luftschutzraum.
Die israelische Armee tötet den für das Massaker vom 7. Oktober 2023 verantwortlichen Hamas-Chef Sinwar. Fraglich ist, ob nun der Gaza-Krieg ein Ende finden könnte.

Kurzbiografie

Heiko Sakurai wurde 1971 in Recklinghausen geboren. Nach dem Abitur 1990 absolvierte er seinen Zivildienst. Während dieser Zeit begann er bereits für verschiedene Lokalredaktionen der „Westdeutschen Allgemeinen Zeitung" WAZ (Essen) Karikaturen zu zeichnen.

Von 1992 bis 1998 studierte er Germanistik, Geschichte sowie Politik. In den Jahren 2006/2007 hatte er an der Westfälischen Wilhelms-Universität Münster einen Lehrauftrag für Politische Karikatur inne. Von 2004 bis 2011 zeichnete er Karikaturen für die Welt am Sonntag.

Seine Zeichnungen erscheinen regelmäßig in der Berliner Zeitung, in der WAZ, in der Rhein-Neckar-Zeitung, im Kölner Stadtanzeiger, in der Schwäbischen Zeitung, im Münchner Merkur, in der Badischen Zeitung, in der tz und in verschiedenen weiteren Tageszeitungen. Außerdem illustrierte er den Polit-Comic „Miss Tschörmänie" (Eichborn). Er lebt und arbeitet in Köln.

Auszeichnungen:
1996: Karikaturisten-Nachwuchs-Preis der Gothaer Versicherungen
2007: Zweiter Preis bei der „Rückblende 2006"
2009: Dritter Preis bei der „Rückblende 2008"
2013: Dritter Preis bei der „Rückblende 2012"
2014: Erster Preis bei der „Rückblende 2013"
2018: Zweiter Preis bei der „Rückblende 2017"
2022: Erster Preis bei der „Rückblende 2021"